Beliebte Kurztexte

Anita Zöhrer

Beliebte Kurztexte

Impressum

Bibliografische Information der Deutschen Nationalbibliothek:
Die Deutsche Nationalbibliothek verzeichnet diese Publikation in der Deutschen Nationalbibliografie; detaillierte bibliografische Daten sind im Internet über http://dnb.dnb.de abrufbar.

Herstellung und Verlag: BoD – Books on Demand, Norderstedt

ISBN: 978-3-7534-4647-9

Elke und Katharina sind auf der Autobahn unterwegs. Sie transportieren Bretter in ihrem Autoanhänger. Elke ist eine übervorsichtige Fahrerin, sogar Lkws überholen sie.

„Mensch, Elke, schlaf nicht ein. Ich will heute noch heimkommen", murrt Katharina. Nur noch langsamer fährt Elke. Bei der nächsten Raststätte zwingt Katharina sie zum Halten und tauscht mit ihr den Platz.

Mit doppelter Geschwindigkeit rasen Elke und Katharina nun über die Autobahn. Plötzlich überholt sie ein Anhänger mit Brettern. Es ist ihr Anhänger. Er hat sich von der Kupplung ihres Wagens gelöst und selbstständig gemacht.

Katharina und Elke können ihren Augen kaum trauen. Ohne ihr Zutun blinkt ihr Anhänger und reiht sich zwischen den Fahrzeugen ein. Sogar noch schneller als Katharina fährt er, hat es offenbar noch eiliger nach Hause zu kommen als sie.

Das Abendessen

Ein kleiner Tisch. Mit warmen Essen, einem Kerzenständer mit neuen Kerzen und einer Flasche Rotwein gedeckt. Zwei Stühle links und rechts davon. Ein Kleiderständer steht daneben. Sarah Müller, Anfang 30, trägt ein Kleid, zündet die Kerzen an. Ihr Mann Johnny Müller, Anfang 40, trägt einen Anzug und einen Hut, kommt auf die Bühne. Er hält eine Aktentasche in seiner Hand.

Sarah: Schatz! Da bist du ja endlich! (läuft zu Johnny und küsst ihn) Ich hab Neuigkeiten für dich.

Johnny: Ich auch für dich. Aber fang du an, du hast bestimmt bessere als ich.

Er eilt zum Kleiderständer, hängt seinen Hut darauf und lehnt seine Tasche dagegen.

Sarah: Ist was passiert?

Johnny: Könnte man so sagen.

Er setzt sich an den Tisch. Ohne auf Sarah zu warten, fängt er an, zu essen.

Sarah: Gibt's Probleme bei der Arbeit?

Sie setzt sich zu Johnny an den Tisch.

Johnny: Jetzt nicht mehr. Aber genug von mir, was wolltest du mir sagen?

Sarah nimmt ihn an der Hand.

Sarah: Schatz, ich …

Johnny (springt auf): Du willst die Scheidung.

Sarah: Was?

Johnny: Du weißt es schon und willst mich jetzt verlassen.

Sarah: Spinnst du? Was weiß ich?

Johnny: So viel zum Thema, du gehst mit mir durch Dick und Dünn.

Sarah (steht auf): Schatz, was ist los mit dir? Was soll ich denn wissen?

Johnny (Pause): Ich bin gefeuert.

Sarah: Gefeuert. Na toll. (lässt sich auf ihren Stuhl fallen) Was war es denn dieses Mal? Warst du wieder betrunken?

Johnny: Nein.

Sarah: Hast du jemanden verprügelt?

Johnny: Nein, natürlich nicht!

Sarah: Du musst dir dringend wieder eine Arbeit suchen.

Johnny: Ich mach jetzt, was mir gefällt.

Sarah (seufzt): Und das wäre?

Johnny: Ich werde Schauspieler.

Sarah: Oh Gott.

Johnny: Warum denn nicht? Du hast doch immer gesagt, ich hätte Talent!

Sarah: Ja schon, aber du brauchst eine Arbeit, wo du sicheres Geld verdienst.

Johnny: Das kommt schon und dann werden wir die reichsten Leute in der Umgebung sein.

Sarah: Bis dahin müssen wir aber zusehen, wie wir über die Runden kommen.

Johnny (winkt ab): Wir beide schaffen das.

Sarah: Du meinst wohl, wir drei.

Johnny: Wir drei?

Sarah: Ich bin schwanger.

Johnny: Schwanger. Sie ist schwanger. Ich bin arbeitslos und sie ist schwanger.

Er schenkt sich Wein ein.

Johnny (hebt sein Glas in Richtung Publikum): Na, Prost!

Er trinkt.

Der einsame Wolf

Glitzernder Sternenstaub sank still auf die Erde herab, leuchtend weißer Schnee bedeckte den Wald. Ein einsamer Wolf streifte umher. Tränen glänzten in seinen Augen. Schon lange hatte er keine Familie mehr. Jäger hatten sie ihm ohne Grund geraubt. Wie sehr er sich danach sehnte, bei ihr zu sein – dem Wind allein war es bekannt. Doch das Schicksal war gegen ihn, Glück ihm seit langem verwehrt.

Ein weiter Felsvorsprung überragte eine tiefe Schlucht.er Wolf blickte hinab und begann zu heulen. Hier war es geschehen. An diesem Ort war seine Familie Schüssen zum Opfer gefallen. Der Gedanke an seine Frau und seinen beiden Kindern zerriss dem Wolf das Herz. Nichts mehr erträumte er sich, als ihnen in den Tod folgen.

Ein Schuss besiegelte sein Schicksal. Rot färbte sich seine weiße Brust. Nie hatten seine Familie und er jemanden etwas zuleide getan. Trotzdem waren sie bei den Menschen verhasst gewesen wie eine wilde, gewalttätige Horde.

Der Tausch

Ich war ein Kind, als ich dem Tod zum ersten Mal begegnete. Um meinen Vater zu holen, war er gekommen. Nie mehr konnte ich ihn vergessen. Das Strahlen in seinen Augen, das Lächeln auf seinen Lippen. Obwohl er ein Fremder gewesen war, hatte ich mich wohl in seiner Gegenwart gefühlt. Tief hatte sich sein Gesicht in mein Herz gebrannt.

Die Jahre vergingen und immer wieder mussten Verwandte und Freunde von mir gehen. Dennoch traf ich den Tod nie wieder. Stets war er bereits fort, wenn ich zu den Sterbenden kam. Dass er nicht auf mich wartete, wunderte mich nicht. Vermutlich wusste er nicht einmal mehr, dass ich existierte.

Ich wollte ihn wiedersehen, nicht mehr warten, bis meine Zeit gekommen war. Ausgerechnet meine beste Freundin war es, die mir den Weg ebnete. Sie war jung, doch seit Monaten schwer krank. Ihrer Familie zuliebe kämpfte sie bis zur letzten Minute gegen ihr Ende an.

Warum der Tod meine Freundin holen wollte und nicht mich, verstand ich nicht. Meine Freundin hatte ihre eigene Familie und Visionen für die Zukunft – im Gegensatz zu mir. Wusste er denn nicht, dass sie viel mehr gebraucht wurde als ich? Wie sehr ich mich nach ihm sehnte? Dass ich ihn liebte?

Blüten des Kirschbaumes, unter dem meine Freundin und ich saßen, schwebten zu Boden. Ein warmer Windhauch wehte mir entgegen. Nach und nach kam ein Mann vor uns zum Vorschein. Mein Herz pochte vor Freude. Es war der Tod.

„Geh weg und hol dir jemand anderen."

„Du musst loslassen."

„Warum kann ich nicht mit ihr tauschen?"

Ich wollte diejenige sein, die den Tod begleitete. Bei ihm sein in seiner heilen Welt.

Der Tod seufzte. Er haderte merklich mit sich, aber er willigte in meinen Vorschlag ein. Statt meiner Freundin nahm er mich mit auf die Reise. Weder auf der Erde noch im Himmel brachte man Verständnis für seine Entscheidung. Während ich unter den Menschen eine große Lücke hinterlassen hatte und dementsprechend betrauert wurde, bekam der Tod ernstliche Schwierigkeiten mit den Erzengeln, weil er unerlaubterweise in mein Schicksal eingegriffen hatte. Ohne Wenn und Aber wurden ihm seine übernatürlichen Kräfte entzogen und ein anderer Mann als Tod erwählt. Ich stand kurz vor einem Nervenzusammenbruch. Was hatte ich nur getan?

Niemals hätte ich geglaubt, mit meinem Wunsch so viel Unheil anzurichten. Von Schuldgefühlen geplagt saß ich am Steg eines Sees und weinte. Das Wasser glitzerte und Bilder erschienen darin. Es waren Bilder aus meiner Vergangenheit. Erinnerungen an Menschen, die mir alles bedeutet hatten. Erinnerungen an Erfolge, die ich in meinem Leben erfahren durfte.

„Die Welt ist nicht nur schlecht, die Menschen nicht nur böse."

Der Tod setzte sich zu mir. Ich drückte seine Hand, ahnte, dass unser Abschied nahte.

„Ich muss zurück, nicht wahr?"

Der Tod nickte und lächelte.

„Sorge dich nicht, ich werde bei dir sein."

Tränen traten ihm in die Augen. Ich strich ihm über die Wange, küsste ihn und erhoffte mir nichts sehnlicher, als dass wir uns bald wiedersehen würden.

Die Bienenkönigin

Inmitten eines Waldes steht ein Bienenstock umringt von Tannen und Fichten. Die Bienen fühlen sich sehr wohl hier, nur eine ist unglücklich: Nämlich die Königin. Erst einige Wochen alt hält sie es in ihrem Volk schon nicht mehr aus, unerträglich wird ihr die Langeweile. Viel lieber würde sie die Welt entdecken, auf Reisen fliegen, doch ihr Hofstaat verbietet es ihr. Immerhin haben sie sich nicht die Mühe gegeben, sie heranzuzüchten, damit sie dann das Weite sucht. Nein. Sie hat Verantwortung ihrem Volk gegenüber und diese hat sie nicht zuletzt aus Dankbarkeit gefälligst zu erfüllen.

Die Bienenkönigin ist sauer. Sie hat es sich ja nicht ausgesucht, ausgerechnet eine Königin zu werden. Sie hatte es sich ja noch nicht einmal ausgesucht, eine Biene zu werden. Wenn sie die Wahl gehabt hätte, wäre sie viel lieber ein großer Vogel geworden, um durch die ganze Welt fliegen zu können. Nichts desto trotz will sie sich von ihrem großen Vorhaben nicht abbringen lassen und so ergreift sie eines Nachts die Flucht. Natürlich bleibt ihr Ausflug nicht unbemerkt – sogleich folgen ihr die ersten Bienen. Die Königin versucht, sie abzuwimmeln, und als es nicht funktioniert, sticht sie sie ab. Nur ungern wird sie zu Mörderin, doch da ihre Artgenossen sowieso nicht ein allzu langes Leben haben, kommt es auf die paar Tage mehr oder weniger auch schon nicht mehr an.

Immer wieder wird die Bienenkönigin auf ihrem Ausflug von Bienen belästigt, die sie gerne zu ihrer Königin hätten, doch die Königin bleibt stur. Sie will ihre Ruhe vor Bienen und ihr Leben frei und unabhängig verbringen und so geschehen noch weitere Morde, die nicht ungesühnt bleiben.

Schnell spricht sich die Grobheit der Königin gegenüber ihren Artgenossen herum, ihre unnatürliche Verhaltensweise stößt schnell auf Ablehnung. Aus Angst, andere Bienen und allem voran Königinnen könnten es ihr nachmachen, verschwören sich ein paar Völker gegen sie und wollen sie aus dem Verkehr ziehen, ehe sie noch mehr anrichtet. Sie planen einen Mord an sie, heimlich schleichen sich ein paar Sympathisantinnen der Bienenkönigin davon, um diese zu warnen.

Die Bienenkönigin macht sich auf das Schlimmste gefasst. Wie soll sie den wilden Horden denn nur entkommen? Sie braucht Verbündete, die sie beschützen, und dennoch will sie auf keinen Fall ihre Freiheit aufgeben. Nachdenklich versteckt sie sich im Loche eines Baumes, als sich plötzlich ein lautes Brummen nähert. Es ist eine Hornisse! Eine der größten Feinde der Bienen. Die Königin verkriecht sich noch weiter und bemüht sich, sich nicht zu bewegen, als ihr plötzlich die rettende Idee kommt …

Gemeinsam machen sich die verbündeten Bienenvölker auf den Weg, um der eigensinnigen Bienenkönigin den Garaus zu machen, im letzten Moment schafft es diese, sich in Sicherheit zu bringen. Die Bienenvölker fliegen wild durcheinander, beraten, was nun zu tun ist, dass ihre Rivalin sie so hinterhältig austricksen würde, damit haben sie nicht gerechnet. All ihren Mut hatte die eigensinnige Königin sich zusammengenommen und ein hübsches Hornissenmännchen bezirzt, ein ganzes Hornissenvolk hat sie dank diesem nun hinter sich.

Die Bienenvölker sind verärgert, doch bleibt ihnen nichts anderes übrig, als sich zurückzuziehen. Keine der Bienen will von den Hornissen gefressen werden, lieber riskieren sie es, dass noch weitere Bienen dem Vorbild der eigensinnigen Königin folgen und gegen ihre Natur ihren eigenen Kopf durchsetzen werden. Die Königin ist erleichtert und ihrem neuen Freund dermaßen dankbar, sodass sie ihm erlaubt, sie auf ihre Weltreise zu begleiten. So fliegen sie zu zweit quer durchs Land und schon bald entwickelt sich die notgedrungene Liebe der Königin zu ihrem Beschützer zu einer richtigen Liebe. Kinder folgen, eine neue Gattung entsteht. Von den Menschen als *Wespen* bezeichnet, erziehen die Hornisse und die Bienenkönigin auch diese zu natürlichen Feinden der Bienen. Nicht nur, dass die Königin nach wie vor um ihr eigenes Leben fürchtet und daher auf jeglichen Schutz angewiesen ist, sie fürchtet ebenso um das Leben ihrer Kinder. Umso mehr ist es der Königin und der Hornisse ein Anliegen, dass diese sich zu verteidigen wissen und den Bienen erst gar kein Vertrauen schenken.

Nicht lange dauert es, bis sich die Kunde über die eigenartige Beziehung der Hornisse und der Königin und deren Nachwuchs verbreitet hat, nicht lange, bis die Familie unter den Hornissen und Bienen weltbekannt ist. Nur dem Menschen bleibt diese Tatsache im Verborgenen, nie wird er den wahren Ursprung der Wespen erfahren.

Die gefrorenen Nudeln

Ob man Nudeln auch einfrieren kann? Warum nicht? Alles kann man einfrieren …

Ob die Nudeln sich auch ausdehnen, wenn sie frieren? Bald werden Fred und seine Mutter es wissen.

„Aber nicht in der Glasschüssel einfrieren!"

Mahnend hebt die Mutter ihren Zeigefinger. Fred überdreht seine Augen. Als ob er das nicht wissen würde!

Spät in der Nacht. Seltsame Geräusche dringen aus der Küche. Knistern und Knacksen. Was ist da nur los? Fred sieht nach. Es ist die Tiefkühltruhe. Fred nähert sich ihr vorsichtig.

Ein lauter Krach. Die Tiefkühltruhe explodiert. Ihr gesamter Inhalt fliegt quer durch die Küche. Fensterscheiben klirren. Gefährliche Geschosse wie gefrorenes Fleisch und Würste werden hinaus ins Freie geschleudert.

Am nächsten Morgen. Die Mutter öffnet die Tür. Ein Berg von metergroßen Nudeln kommt ihr entgegen.

Die Grille

Die Engel fallen nieder,

der Herrgott, der is zwider.

Verschwunden seine Brille,

unschuldig zirpt ne Grille.

Des Diebstahls angeklagt,

ein jeder Mensch sich fragt,

ob Gott wohl Gnad lässt walten,

bei solch gar finstre Gestalten.

Der Gerichtstag ist vorüber,

die Brille hat Gott wieder.

Die Grille ist unschuldig,

gelegen ist sie geduldig,

die Brille unterm Bett.

Im Himmel gibt's ne Feier,

zu hören, die alte Leier:

Barmherzig ist Gott allein!

Was wohl mit ihm mag sein?

Nicht glücklich schaut er drein.

Bald schon wird sie vermisst,

die Grill, die unschuldig ist.

Wo ist sie nur geblieben?

Im Chatroom steht's geschrieben:

Der Herrgott hat's versenkt

und sie im Zorn ertränkt.

Mein Freund der Tod

Warum war ich nur in die Stadt gezogen? Warum bin ich nicht am Land geblieben? In den Bergen? So wie ich es immer gewollt hatte ….

Am Tag umringt vom Lärm und von der Hektik der Stadt flüchtete ich mich in der Nacht in meine Träume. Dort war ich frei. Frei von der Last, etwas leisten zu müssen. Frei, um dort zu leben. Ich träumte von meiner einstigen Heimat am Land, einem Blockhaus mitten in den Wäldern und fühlte mich unendlich glücklich. Bis ich eines Nachts in einen Traum versank, der anders war als alle anderen Träume, die ich bisher gehabt hatte und mein Leben für immer verändern sollte …

Freitagnacht. Ich lag in meinem Bett und konnte nicht einschlafen. Grund dafür war ein Streit meiner Arbeitskollegen, der in meinem Kopf hallte. Ich hatte keine Ahnung, worum es dieses Mal wieder gegangen war, und wollte es auch gar nicht wissen. Nicht einmal meinem Chef war es gelungen, meine Kollegen zu besänftigen. Ich hörte die Autos, die an meiner Wohnung vorbeirasten. Hörte die Flugzeuge, die über unserer Stadt zur Landung ansetzten. Hörte die vielen Menschen auf der Straße. Doch die Stimme tief in mir, die hörte ich schon lange nicht mehr. Wie so oft hatte ich sie im Keim erstickt und konnte es auch nicht mehr rückgängig machen. Es war zu spät, ihre Warnungen hatte ich ignoriert. Und nun? Nun lag ich da, pausenlos unter Spannung. Noch mehr! Noch größer! Noch weiter! Wie hoch wollte der Mensch denn noch hinaus, ehe er merkte, dass er das Wesentliche aus dem Blick verloren hatte? Und ich? Ich war gefangen in dieser Misere und hatte selbst Schuld daran.

Wie so oft weinte ich mich auch in dieser Nacht in den Schlaf und kam erst wieder zur Ruhe, als ich im Traum in meine einstige Heimat zurückkehrte. Die Sonne schien und ich saß am offenen Fenster und erfreute mich am Ausblick auf die Felder. Zwar waren es keine Berge, die ich hier bewundern konnte, aber zumindest Äcker, auf denen das Getreide in voller Blüte stand. Konnte dem Gesang der Vögel lauschen und am blauen Himmel weiße Wolken vorbeiziehen sehen. Ich genoss den Frieden fernab der krankmachenden Betonlandschaft, die ich nun meine Heimat nannte, als plötzlich Dunkelheit über mich hereinfiel und sich die Wände meines Hauses langsam auf mich zu bewegten. Ich versuchte, aus dem Fenster zu springen, doch es war verschlossen. Mit einem Stück Holz, das auf dem Boden lag, schlug ich gegen das Glas, doch es gelang mir nicht, es zu durchbrechen. Ich schrie aus vollem Halse um Hilfe, rang nicht zum ersten Mal mit dieser furchtbaren Angst vor dem Tode. Dabei wäre gerade er der Ausweg aus so vielen Schattenseiten meines Lebens gewesen …

Immer weiter kamen die Wände auf mich zu. Ich weinte, geriet in Panik. Schlug mit meinen Fäusten so fest ich nur konnte gegen die Fensterscheibe, doch es hatte keinen Zweck. Ein langsames und grausames Ende war mir gewiss. Womit hatte ich das nur verdient?

Schon nahe waren mir die Wände, als mich meine Kräfte verließen und ich auf das Fensterbrett niedersank. Ich konnte nicht mehr. Konnte nur mehr darauf warten, dass es endlich vorüber war. Meine letzten Gedanken galten einer heilen Welt, einer Welt, die ich doch nie finden würde, als ein helles Licht in der Ferne meine Aufmerksamkeit auf sich zog. Konturen eines Menschen nahmen in dem Licht Gestalt an. Konturen eines Mannes in einem schwarzen Gewand. All die Dinge, die wie schwere Ziegel auf meiner Seele lasteten, entschwanden aus mir und mit ihnen das Fensterglas und die Wände. Ein Stück von mir entfernt blieb der Mann stehen und lächelte mir zu. Ich streckte meine Hand nach ihm aus und flehte ihn mit lauter Stimme an, bei mir zu bleiben.

Ohne auf meine Worte zu achten wandte der Mann sich wieder um und begab sich in ein leuchtendes Wehen aus Sternenstaub. Tiefe Traurigkeit überkam mich, mutterseelenallein blieb ich in der Dunkelheit zurück.

Hohe Felsen taten sich um mich herum auf, gewaltige Berge und Wälder entstanden. Im Mondschein glitzernde Schneekristalle schwebten leise auf die Erde hernieder und ich stapfte im Schnee einen Berg hinauf, suchte nach dem schwarz gekleideten Mann. Wer war er? Und woher war er gekommen? Wieder tauchte vor mir sein Gesicht auf. Es war mir fremd und doch so vertraut. Ob ich es wohl jemals wiedersehen würde?

Ich kletterte über eine Felswand auf die Spitze des Berges, die Aussicht rührte mich zu Tränen. Ein großer See, an dem Hirsche und Rehe tranken. Füchse spielten Fangen und eine Bärenmutter hielt ihr Kleines in ihren Pranken. Unberührte Natur, wie sie kaum noch zu finden war, wie leid es mir doch um diese Welt tat. Eine Welt, auf der nur Macht, Einfluss und Reichtum zählten.

Wie ich so dastand, näherte sich der Mond mir allmählich und weckte in mir wieder furchtbare Angst vor dem Tode. Panik, wie ich sie das letzte Mal verspürt hatte, als die Wände meines Blockhauses mich zu erdrücken gedroht hatten. Ich lief so schnell ich nur konnte den Berg hinunter und rutschte auf einer Eisplatte aus, stürzte meterweit in die Tiefe.

Erinnerungen an längst vergangene Zeiten wurden in mir wach und wieder sah ich sein Gesicht vor mir, das Gesicht des schwarz gekleideten Mannes. Ich war bereit, zu sterben. Vorausgesetzt, es ging schnell und schmerzlos, doch anstatt zu sterben, landete ich sanft auf einer weißen Wolke, die mich zu Boden trug und sich wie eine wärmende Decke um mich legte. Je näher der Mond mir kam, desto kleiner wurde er, schrumpfte von einem bedrohlichen Ungetüm zu einer kleinen Kugel, und immer zaghafter schwebte er an mich heran, so als ob es ihm leid täte, mich so erschreckt zu haben. Ich öffnete meine Arme, nahm seine Entschuldigung gerne an und drückte ihn ganz fest an mich.

Eine Sternschnuppe zog über uns ihre Bahn und ich wünschte mir nichts sehnlicher, als dass sie mich mitnehmen und zu dem schwarz gekleideten Mann führen würde. Mit einem Male änderte die Sternschnuppe ihren Kurs und steuerte direkt auf mich zu. Noch fester umklammerte ich den Mond, war mir sicher, er würde mich beschützen, falls mir Gefahr drohte.

Wenige Meter vor mir schlug die Sternschnuppe nahezu lautlos in den Boden ein und zersplitterte in Tausende bunte, leuchtende Kristalle. Ein helles Licht erstrahlte und die Konturen eines Menschen gelangten zum Vorschein. Es war der schwarz gekleidete Mann! Mit einem Lächeln stand er vor mir und ich erhob mich.

„Wer bist du?"

„Sie nennen mich Tod."

Um mich herum erklangen Sirenen, ein Sanitäter tat sein Bestes, mich nach meinem Herzinfarkt zu reanimieren.

„Nein, lassen Sie mich!"

Im Geiste wehrte ich mich, wollte nie wieder dorthin zurück, wo ich einst gewesen war. Einzig und allein bei meinem Freund wollte ich bleiben und frei sein, frei sein für immer.

„Lass mich nicht wieder allein! Bitte."

Ich kämpfte und flehte meinen Freund um Hilfe an, doch ich hatte nicht die geringste Chance. Die Welt hatte mich wieder und keine Ahnung, was sie mir damit antat.

Die Tage vergingen und nicht einen Moment lang war mir die Nähe meines Freundes vergönnt. Nicht in einem meiner Träume erschien er mir und doch hatte ich seinen Anblick, sein Lächeln stets vor mir. Viele Verluste hatte ich in meinem Leben bisher ertragen, seinen jedoch ertrug ich nicht. Nur eine Traumgestalt wäre er gewesen, versuchten Therapeuten mir einzureden. Dass sie logen, lag auf der Hand. Sie waren doch nur neidisch. Neidisch, dass sie nicht so einen besonderen Freund hatten wie ich. Sie alle. Hartnäckig hielt ich an meiner Erinnerung fest. Und an meinem Wunsch, wieder zu ihm zurückzukehren. Und dieses Mal für immer.

Sonntagabend. Die Sonne senkte sich nieder und ich stand auf meinem Balkon und sehnte mich danach, ihr dabei zu zusehen. Für die Aussicht auf eine bessere Zukunft hatte ich mich entschieden, als ich hierher gezogen war. Nie hätte ich mir gedacht, dass meine Seele eines Tages so sehr darunter leiden würde.

Mit beiden Händen umfasste ich das Geländer des Balkons und holte tief Luft. Der Lärm der Stadt drang an meine Ohren und die Streitereien meiner Arbeitskollegen spukten in meinem Kopf herum, trieben mich beinahe in den Wahnsinn.

Ein einziger Schritt. Ein einziger winziger Schritt und ich wäre endlich frei gewesen. Doch war ich zu feig, ihn zu wagen. Ich blickte nach unten und da entdeckte ich ihn: meinen Freund, den Tod. Er stand auf der Straße und streckte seine Hand nach mir aus, war gekommen, um mich zu sich zu holen. Voller Freude kletterte ich über das Geländer und sprang. Sprang in die mir mein Leben lang ersehnte Freiheit. Nun konnte mich niemand mehr aufhalten, nun mich niemand mehr von meinem Freund trennen.

Die Brücke

Ohne Ende und Anfang war sie. Jene Brücke, die ich überschritt, auf der Suche nach alten, verlorenen Freunden, Chancen und Träumen. Nie folgte mir jemand nach, nie kam mir jemand entgegen. Nur das leere Blau des Himmels über mir und die Fluten des Meeres unter mir. Ich war einsam. Und wollte es nicht anders. Ich wusste nicht, wohin mein Weg mich führen würde. Und wollte es auch gar nicht wissen. Es hatte sowieso alles keinen Sinn mehr. Mein Leben. Mein Streben nach Wissen. Meine Suche nach den alten Zeiten. Es war zu spät zum Umkehren. Und zum Weitergehen fehlte mir mehr und mehr die Kraft. Ich konnte nicht mehr. Und ich wollte auch nicht mehr. Ich wollte nicht noch mehr Reisen bestreiten, voller Mühen und Tränen, um doch nicht anzukommen. Wollte nicht Teil dieser Erde sein, die mich doch nicht wollte. Wollte nicht Teil einer Gemeinschaft sein, die nur den Nutzen in mir sah und nicht spüren konnte, was ich fühlte: Schmerz und Trauer. Verlassenheit, wie sie wohl nur jene kannten, die aus freiem Willen Abschied von dieser Welt genommen hatten. Ich wollte nur noch meinen Frieden. Und den fand ich auch in jener Nacht, in der meine Sehnsucht nach dem Tode am stärksten war. Ein morsches Brett. Ein Krach. Und schon trugen mich die Fluten hinfort in eine neue Welt. Eine Welt, in der ich fand, wonach ich mich so sehr gesehnt hatte: das Heil meiner Seele.

Wir waren für heute Abend verabredet, mein Freund und ich. Wir wollten uns treffen. Bei der Bank unter der Straßenlaterne, wo wir uns im Winter 2017 kennengelernt hatten. Doch er kam nicht. Ich versuchte, ihn zu erreichen, er hob nicht ab. Ich schrieb ihm eine SMS, er antwortete nicht. Seit zwei Stunden warte ich nun schon auf ihn. Sinniere über das Licht der Laterne. Wie schön muss es sein, Licht in die Dunkelheit der Welt zu bringen. Ob die Laterne wohl oft zum Dank umarmt wird? Ich wäre auch gerne eine Laterne. Doch, wirklich. Dann könnte ich den Menschen ebenfalls Licht schenken. Vielleicht könnte ich sie sogar erleuchten, wenn sie Antworten auf Fragen oder Rat suchen.

Eine Sternschnuppe fliegt am Himmel über mich hinweg. Wie sehr ich Sternschnuppen liebe! Ob sie tatsächlich Wünsche erfüllen? Ich kann es ja einmal probieren. Meinen Wunsch spreche ich aber nicht laut aus. Ich berufe mich auf eine Freundin. Sie hat mich gewarnt, man müsse ihn für sich behalten, sonst könne man ihn sich gleich sparen. Ob die Sternschnuppe dann überhaupt weiß, wonach ich mich von Herzen sehne? Wie sie meine Wünsche wohl errät? Es ist mir ein Rätsel.

Ein leichter Windhauch weht mir um die Ohren. Hat da gerade jemand meinen Namen gesagt? Ich schaue mich um, niemand zu sehen. Habe ich mir also nur eingebildet. Ich gähne. Wie müde ich auf einmal bin! Ich lege mich auf die Bank. Bin zu erschöpft, um jetzt noch nach Hause zu spazieren. Meine Augenlider werden schwer und fallen mir zu. Gute Nacht, schöne Welt. Gute Nacht, schöne Laterne. Gute Nacht, mein Freund, wo immer du im Moment auch sein magst.

Ich wache auf. Irgendetwas ist anders. Seltsam. Bin ich nicht gerade noch auf der Bank gelegen? Was tue ich denn plötzlich hoch oben auf der Laterne? Ich blicke an mir herab. Du meine Güte, die Laterne bin ich! Gewiss träume ich. So etwas kann unmöglich wahr sein. Bestimmt schlafe ich noch. Schon bald werde ich auf der Bank liegend erwachen und alles wird wieder so sein wie letzte Nacht. Doch ich wache nicht mehr auf. Den ganzen Tag stehe ich da und beobachte die Menschen. Wie lustig sie sind, wenn sie das Gefühl habe, niemand würde sie beobachten. Mal bohrt einer in der Nase. Mal tanzt eine alte Frau und schwingt dabei ihren Spazierstock. Sicherlich lässt sie sonst alle im Glauben, sie wäre gebrechlich und könne kaum noch gehen. Ich kenne das aus eigener Erfahrung. Meine Großmutter hat meinen Eltern und mir denselben Zirkus vorgespielt. Bis ich ihr eines Tages auf die Schliche gekommen bin. Ich muss schmunzeln, als ich an ihren überraschten Gesichtsausdruck denke. Sie hätte uns gerne noch länger an der Nase herumgeführt, doch damit war das Theater beendet. Ein Hund pinkelt mir an meinen Sockel. Wie widerlich! Und der Besitzer, dieser Dummkopf, erlaubt es ihm auch noch. Könnte ich doch nur sprechen, ich würde ihm die Leviten lesen. Ich merke mir sein Gesicht und schwöre mir, wenn er sich eines Abends oder Nachts vor mir auf die Bank setzen sollte, lasse ich meine Glühbirne in tausend Teile zerbersten.

Ach ja, die Bank. Ach ja, die verliebten Pärchen, die Hand in Hand an mir vorübergehen. Ach ja, mein Freund. Warum er nicht gekommen ist, frage ich mich. Ob ich ihn gekränkt habe? Aber wodurch? Ob ihm etwas zugestoßen ist? Ich hoffe nicht.

Bestimmt ist ihm nur etwas dazwischengekommen. Ich gehe vom Besten aus. Wenn dann auch noch der Akku seines Handys leer war und er keine Möglichkeit hatte, es zu laden, würde es keiner weiteren Erklärung mehr bedürfen. Wäre es mir möglich, zu seufzen, ich würde es tun. Was mache ich mir nur vor?

Die Tage fliegen dahin. Am schlimmsten sind für mich die Abende und Nächte. Die schmerzliche Erinnerung an meinen Freund und seine Treulosigkeit will nicht aus meinem Kopf verschwinden. Er fehlt mir. Er und seine Umarmungen. Wie sehr ich mich doch getäuscht habe. Niemand umarmt eine Laterne, dabei lasse ich mich so gerne umarmen. Niemand kommt auf die Idee, mir ein paar liebe Worte zu spenden. Geschweige denn, sich bei mir für mein Licht zu bedanken. Mein heller Schein ist für alle eine Selbstverständlichkeit. Wehe, wenn er einmal ausfällt. Könnte ich weinen, ich würde es tun. Wie sehr sehne ich mich nach jemandem, der begreift, wie traurig ich bin, der mich tröstet. Meine Traurigkeit trübt das Strahlen meines Lichts, aber alle glauben, es wäre mit dem Wechseln meiner Glühbirne getan. Eine Straßenlaterne zu sein, habe ich mir anders vorgestellt. Wie sehr hoffe ich, die Sternschnuppe, die mich in diese missliche Lage gebracht hat, würde zu mir zurückkehren und meinen Wunsch wieder rückgängig machen. Viel lieber möchte ich wie die von mir beneideten Pärchen mit meinem Freund auf der Bank sitzen. Wie sehr wünsche ich mir, wir würden einander dann zuflüstern, wie gern wir uns haben.

Die weiß gekleidete Frau

In meiner Einsamkeit zog ich mich gerne auf den Friedhof meiner Heimatstadt zurück und unterhielt mich mit den Verstorbenen, war mir gewiss, dass sie mich hören konnten. Ich fühlte mich ausgesprochen wohl bei ihnen und konnte an manchen Tagen sogar ihre Anwesenheit spüren, wünschte mir oft, mich für ihre Gesellschaft revanchieren zu können.

Als ich eines Abends wieder den Friedhof besuchte, hörte ich plötzlich ein lautes Weinen und Klagen. Ich blieb stehen und wandte mich um. Eine Frau mit langen dunklen Haaren schwebte über einem Grab. Ihr weißes Kleid war in ein helles Licht getaucht und ihre Miene zeugte von tiefer Traurigkeit. Die Mundwinkel waren weit nach unten gezogen und über ihre blasse Haut flossen Tränen wie kleine Wasserfälle.

Ich ging zu der Frau, doch sie schien mich nicht zu bemerken.

„Wer bist du?"

Die Frau zeigte nur auf den Grabstein und ich las den Namen eines Mannes. Daneben war ein Foto von ihm angebracht.

„Ist das dein Mann?"

Die Frau kreischte und verschwand. Ich holte aus meiner Jacke mein Handy hervor und fotografierte den Grabstein, fest entschlossen, der Sache auf den Grund zu gehen.

Die halbe Nacht lang saß ich vor meinem Computer und recherchierte über den Mann, doch was ich über ihn herausfand, war für mich ein großes Rätsel.

Am nächsten Tag ging ich neuerlich auf den Friedhof und suchte das Grab auf, über dem die Frau geschwebt war. Ich war mir hundertprozentig sicher, dass ich beim richtigen Grabstein stand, dennoch konnte ich nirgendwo mehr den Namen des Mannes oder sein Foto entdecken. Alle Reihen durchquerte ich, ließ nicht ein einziges Grab aus, doch sein Name und sein Foto waren auf keinem der Steine auffindbar.

„Wenn ich dir helfen soll, dann musst du mir nun weiterhelfen."

Wieder hörte ich das laute Weinen und Klagen und wieder war sie da: die Frau in dem leuchtenden Gewand. Wie letzten Abend schwebte sie über dem Grab, bei dem ich zuerst gewesen war, und hatte ihren Zeigefinger auf den Grabstein gerichtet. Ich traute meinen Augen kaum. Mit der Frau waren auch der Name und das Foto des Mannes aufgetaucht.

„Er lebt!"

Noch lauter weinte und klagte die Frau, dabei sagte ich die Wahrheit. Ich hatte den Mann letzte Nacht in einem Livestream im Internet gesehen.

„Bitte verrate mir, was ich für dich tun kann!"

Ich wusste weder ein noch aus, verstand einfach nicht, was die Frau mir mitteilen wollte.

„Wenn du es nicht sagen kannst, dann führe mich wenigstens zu ihm!"

Möglicherweise würde ich hinter ihr Geheimnis kommen, wenn ich mich an die Fersen des Mannes heftete.

Die Frau streckte ihre Hand nach mir aus und ich legte die meine in ihre. Sogleich wurde es mir schwarz vor Augen und ich verlor das Bewusstsein.

Der Tag neigte sich bereits dem Ende zu, als ich wieder zu mir kam und neben dem Mann in einem Auto saß. Er war beim Fahren eingenickt und steuerte auf dem linken Fahrstreifen direkt auf einen Lastwagen zu.

„Vorsicht!"

Ich riss das Lenkrad herum und wir konnten dem uns entgegenrasenden LKW gerade noch ausweichen. Erleichtert atmete ich durch. Keine Sekunde zu früh war ich neben dem Mann aufgewacht.

Nun wurde mir auch klar, was mir die Frau in dem leuchtenden Gewand klar zu machen versucht hatte. Nicht, dass ihr Mann schon tot war, sondern dass er im Begriff war, zu sterben.

„Wer sind Sie? Und wie sind Sie hier hereingekommen?"

Der Mann blieb am Straßenrand stehen und wir stiegen aus. Ich schwieg. Was hätte ich ihm denn auch sagen sollen? Die Wahrheit? Bestimmt hätte er mir kein Wort geglaubt.

„Wie auch immer, danke jedenfalls."

Nachdem sich der Mann wieder einigermaßen von seinem Schock erholt hatte, brachte er mich nach Hause und ich besuchte den Friedhof meiner Heimatstadt, wo mich die weiß gekleidete Frau bereits erwartete.

„Danke."

Die Trauer verschwand aus ihrem Gesicht und zum ersten Mal sah ich sie lächeln. Sie winkte mir zum Abschied und löste sich langsam in Licht auf. Nun durfte sie endlich wieder in Frieden ruhen und ich war nicht mehr einsam, hatte ich in ihrem Mann doch einen Freund fürs Leben gefunden.

Trocken und kalt fühlt sich die Erde unter mir an, die ich mit meinen Tränen befeuchte. Nie habe ich es für möglich gehalten, dass auch mich das Schicksal eines Tages so grausam heimsucht.

Ein letzter Kuss, eine letzte Umarmung. Zumindest ein schöner Abschied hätte es werden können, doch Worte des Streites waren es, die uns voneinander getrennt haben.

Ich schreie – verlange eine Chance, um es wiedergutzumachen. Nur noch ein einziges Mal möchte ich meinem Mann nahe sein. Kann und will nicht glauben, dass das Grab uns an unserer Liebe hindern soll.

Meine Augenlider werden schwer. Müdigkeit überfällt mich wie die Nacht den Tag. Ich weigere mich, einzuschlafen, ehe das Jenseits mir nicht meinen Mann zurückgibt. Selbst der Mond bleibt hinter den Wolken verborgen; kein Stern erstrahlt am weiten Himmelszelt. Ich trauere und die Welt trauert mit mir.

Eingesperrt in der Kirche

Hilfe, ich komm hier nie wieder raus …

Die Lichter gehen aus: wie schön! Nur die Kerzen brennen noch: wie romantisch! Mit einem glücklichen Lächeln schließt Max seine Augen. Das Katzengejammer, das die alte Dame vor einer Jesus-Statue veranstaltet, versucht er zu ignorieren. Das, was die Dame einen Lobgesang nennt, nennt er einen Vorgeschmack auf das Fegefeuer. Er hält sich zwar für keinen besonders guten Menschen, doch findet er trotzdem, dass seine bemitleidenswerten Ohren so etwas nicht verdient haben.

Bald kehrt Stille ein. Die Tür fällt ins Schloss, endlich ist Max allein. Als er seine Augen wieder öffnet, sitzt er völlig im Dunkeln. Nicht nur das elektrische Licht ist aus, auch allen Kerzen hat jemand das Licht ausgeblasen. Keine Panik. Max holt sein Handy hervor und schaltet die Taschenlampenfunktion ein. Wunderbar! Schnellen Schrittes eilt er zur Tür, in einer dunklen Kirche zu sein, ist ihm nicht ganz geheuer.

Hilfe! Die Tür ist zu. Wer sie wohl verschlossen hat? Etwa die jaulende, alte Dame? Ja, war sie denn blind? Hat sie ihn denn nicht gesehen? Max ist am Verzweifeln. Wie soll er hier denn jemals wieder rauskommen? Da kommt ihm die rettende Idee …

Wenigstens die Sakristei ist offen. Was für ein Glück! Ein paar Schalter umgelegt und schon ertönt ein Glockenkonzert, wie es das Dorf noch nie erlebt hat.

Max wartet. Und wartet. Und wartet. Ja, sind die Leute denn taub? Warum kommt denn niemand? Um sich abzulenken, hört Max auf seinem Handy Musik. Um sich warm zu halten, tanzt er quer durch die Kirche. Plötzlich ist der Akku seines Handys leer. Max schreit. Trommelt mit seinen Fäusten an die Seitentür. Doch niemand eilt ihm zu helfen. Kein Grund zur Panik. Ein wenig Dynamit und schon ist das Problem geregelt. Nur gibt es da ein anderes Problem: wo soll er das Dynamit hernehmen?

Max geht ein paar Schritte zurück und stolpert über einen Sessel. Das ist es! Er nimmt den Sessel und läuft los. In diesem Moment öffnet der Mesner die Tür. Mitsamt dem Sessel läuft Max nach draußen ins Freie und rennt einen Polizisten nieder. Ein weiterer Polizist stürzt sich auf ihn und verhaftet ihn. Er hält ihn für einen Einbrecher.

„Das ist nicht wahr!"

Max versucht, dem Polizisten und dem Mesner seine Not zu schildern. Wenn, dann ist er schon ein *Aus*-brecher und kein *Ein*-brecher. Niemals wäre er so verrückt, in eine gruslige, dunkle Kirche einzubrechen.

Hitze versengte meine Haut. Meine Augen brannten von dem Schweiß, der mir aus den Poren trieb. Immer näher kamen mir die Flammen, die mich umringten. Ich schrie um Hilfe, doch niemand hörte mich. Nur mein Freund tauchte plötzlich auf und streckte mir seine Hand entgegen. Ich wandte mich von ihm ab, wollte seinen Beistand nicht.

„Vertrau mir, ich bin da für dich."

Sehnsucht nach ihm begann bei seinen Worten in mir zu lodern. Je mehr ich dagegen ankämpfte, desto mehr bedrohte das Feuer mein Leben. Aus Angst, eines Tages von ihm verletzt zu werden, nahm ich es lieber in Kauf, zu sterben, als zu ihm zurückzukehren. Ich hustete, bekam in dem Rauch kaum noch Luft.

„Gib nicht auf, ich glaub an dich!"

Die Flammen wichen vor mir zurück. Mein Freund meinte es ernst mit mir. Er war der Einzige, der mich in meiner Not nicht im Stich ließ. Sollte er nicht schon deswegen eine Chance verdient haben?

All meinen Mut nahm ich mir zusammen und lief durch das Feuer hindurch. Mit ausgebreiteten Armen wartete mein Freund auf der anderen Seite auf mich und fing mich auf. Tränen quollen aus mir heraus. Ich hatte es geschafft, doch nur dank meines Freundes.

Mein Mann der Seemann

Schwarze Gewitterwolken bedeckten den Himmel. Ein starker Sturm kam auf. Blitze zuckten bedrohlich über mir und lauter Donner folgte ihnen.

Ich eilte an den Strand und blickte auf das weite Meer hinaus. Meterhohe Wellen erhoben sich aus dem sonst so friedlich scheinenden Gewässer.

Verzweifelt versuchte ich es irgendwo zu entdecken – das Schiff meines Mannes. Schon seit Jahren war er ein stolzer Seemann und auch wenn ich oftmals um ihn gebangt hatte, hatte ich ihn stets unterstützt.

Für einen kurzen Moment legte sich der Sturm. Ich spürte die Lippen meines Mannes auf die meinen, fühlte, wie er mich umarmte. Ich brach zusammen und weinte. Wusste, dass dies sein Abschied war.

Noch ein letztes Mal durfte ich am nächsten Morgen auf seine Rückkehr hoffen. Das Unwetter war abgezogen und das Meer hatte sich wieder beruhigt. In den ersten Sonnenstrahlen dieses Tages bemerkte ich in der Ferne das Schiff meines Mannes.

Am ganzen Körper zitternd erwartete ich die Mannschaft. Sie alle waren zurückgekehrt – alle Seemänner, die mit meinem Mann hinausgefahren waren. Nur mein Mann fehlte. Ihn hatte das Meer zu sich geholt und nicht mehr zurückgegeben.

Mittwochabend. Der Arbeitstag ist geschafft. Zur Entspannung gehe ich im Park unweit meines Zuhauses spazieren. Musik vom Eislaufplatz dringt an meine Ohren. Zum ersten Mal seit langer Zeit lausche ich dem Gesang der Vögel.

Der Frühling ist eingekehrt. In der Stadt sowie in meinem Herzen. Die Temperaturen sind mild und ein lauer Wind umgarnt mich. Endlich kann ich den Fluss Schwechat überqueren, ohne mich dabei von der Brücke springen und im Wasser ertrinken, zu sehen.

Ich liebe das Wasser. Seine sanften Bewegungen, sein Fließen. Hinfort trägt es meinen Kummer, der mich begleitet.

Es tut mir gut, an der frischen Luft zu sein, das frische Grün des Grases und die Bäume zu betrachten. Sogar eine Fledermaus ist bereits aus dem Schlaf erwacht und fliegt über mich hinweg. Das Licht der Laternen spiegelt sich im Wasser des Teiches. Enten quaken und schwimmen auf mich zu.

Erinnerungen steigen in mir empor. Als wäre es gestern gewesen, so kommt es mir vor, dass mein Freund und ich am Ufer unter der Trauerweide gesessen haben. Wie sehr ich ihn vermisse, kann ich kaum beschreiben. Ständig bin ich in meinen Gedanken bei ihm, bereue es, mich von ihm getrennt, zu haben. Ob er mir jemals vergeben und mir noch eine Chance geben wird, weiß ich nicht. Auf meine letzte Nachricht hat er nicht geantwortet. Ich habe es nicht anders verdient.

Tiefdunkle Schatten zogen in mein Leben herein und trieben mich in die Enge. Bedrohlich wirkte die Welt um mich herum, die mir fremd geworden und nicht mehr auf mein Wohl bedacht war. Was ich leistete, reichte nicht. Was tat ich hier noch, wenn ich ohnehin nutzlos war?

Messerscharf waren die Worte all jener, die es gut mit mir zu meinen glaubten, mich in Wirklichkeit jedoch nur weiter in die Arme des Todes drängten.

Je lauter der Tod nach mir rief, desto mehr wehrte ich mich gegen ihn. Trotz allem hing ich an meinem Leben und wollte nicht sterben. Dennoch gelang es ihm, mein Herz für sich zu erobern.

Eines Nachts holte er mich in seine Welt. Es war eine Welt, in der es kein Leid gab und keine dunklen Wolken den Tag trübten. Ich fühlte mich so glücklich wie seit einer Ewigkeit nicht mehr.

Der Tod und ich machten es uns ins Gras gemütlich. Ich legte meinen Kopf auf seine Brust und er seinen Arm um mich. Warme Sonnenstrahlen schienen auf uns herab und wir waren umgeben vom Duft der Blumen und Kräuter auf der Wiese. Ich nahm mir vor, stark zu bleiben. Zu sehr hatte ich mich bereits auf den Tod eingelassen, nicht noch weiter wollte ich gehen. Doch wie konnte ich ihm widerstehen, wenn er mir so viel Wärme und Zärtlichkeit entgegenbrachte? Ich brauchte ihn ebenso wie er mich.

Er küsste mich. Zaghaft erwiderte ich seine Berührungen. Tausend Gründe schossen mir durch den Kopf, dagegen anzukämpfen. Trotzdem ließ ich es geschehen. Seine Nähe war Balsam für meine Seele. Dass ich mich innerlich so sehr gegen sie sträubte, würde ich mir nie verzeihen.

Auch wenn meine Sehnsucht nach dem Tod überwältigend war, bereitete ich unserer Beziehung noch in derselben Liebesnacht ein Ende und beging damit einen großen Fehler. Immer weiter wuchs in mir die Trauer über seinen Verlust. Ich suchte Halt bei anderen Männern und wusste, dass ich ihn doch nie finden würde. Vermisste die Geborgenheit, die er mir in jener Nacht geschenkt hatte. Nur eine Illusion wäre sie gewesen, behaupteten alle, mit denen ich darüber sprach. Ich hatte gedacht, ich wäre frei, wenn ich ihn gehen ließe. Doch noch weiter fiel ich in mein tiefes Loch hinein.

Sehnsucht erwacht …

Sehnsucht erwacht,

erwachen die Sterne.

Sehnsucht treibt mich,

hinaus in die Ferne.

Der Mond leuchtet hell,

er weist mir den Weg.

Der Mond lacht mich an,

ins Gras ich mich leg.

Ein leichter Wind weht,

am liebsten ich bliebe.

Ein leichter Wind weht,

 es ist deine Liebe …

Kerzenschein. Der Wind pfeift am Fenster vorbei. Finsternis legt sich mitten am Tag über die Stadt. Einsam und frierend sitze ich vor meinem Laptop und schreibe. Ich fühl mich einsam, vermiss meine Eltern, vermiss meine Heimat. Was ich jedoch am meisten vermisse, sind die Felder, die Wiesen und Berge. Die Stille. Was kann ich hier in der Stadt schon finden, etwa mein Glück? Den Frieden meiner Seele finde ich nur da draußen, wo noch die Natur und nicht der Mensch das Sagen hat. Wo es noch Dunkelheit in der Nacht gibt und leuchtende Sterne. Wo sich noch weißer Frost niederlassen und das Land sich in ein zartes Blau tauchen kann. Wo noch Blumen und Gräser die Überhand über die Erde haben und beim Einatmen frischer Sauerstoff der Bäume die Lunge füllt und nicht krankmachendes Kohlenstoffdioxid.

Was mache ich mir eigentlich vor? Nichts auf dieser Welt kann mir das ersetzen, was mir tief im Herzen fehlt: Meine Verbundenheit mit Mutter Natur. Kostenlos schenkt sie uns Menschen im Grunde alles, was wir brauchen. Umsonst wartet sie auf unseren Respekt.

Wie eine Mutter erfreut sie uns Tag für Tag mit ihrer Schönheit, spendet uns Nahrung, spendet uns Heil. Doch wer weiß denn schon noch um die Bedeutung ihrer Schätze? Wie um die Kraft ihrer Kräuter? So vieles wird uns in der Schule gelehrt, warum nicht auch das? Warum legen wir denn nicht mehr Wert darauf, im Einklang mit Mutter Natur zu leben, anstatt sie zu zerstören? Wir töten sie, anstatt sie zu lieben, was hat sie uns denn getan, dass sie so viel Hass verdient hätte? Doch sehen wir uns an: Läuft es denn in der Gesellschaft anders? Nicht einen Deut besser behandeln wir unsere Mitmenschen, auch wenn wir das alle vielleicht glauben. Mag sein, dass es die ein oder andere Ausnahme unter uns gibt, doch im Großen und Ganzen gibt es doch nur so viel Leid, weil wir es nicht verhindern oder es sogar selbst verursachen. Blutet unser Herz denn noch, wenn es anderen schlecht geht? Oder denken wir: Naja, was soll man machen?

Die Welt geht zugrunde, wenn wir nicht etwas ändern, wenn wir uns nicht ändern. Keiner kann alleine alles besser machen. Trotzdem braucht es eine und einen jeden von uns, damit alles besser werden kann. Wer bin ich schon, dass ich etwas ausrichten könnte? Ein Mensch, kostbar wie ein jeder anderer. Was gibt anderen das Recht, das Gegenteil zu behaupten? Was gibt uns das Recht, andere so zu verurteilen? Sehen wir uns an: So wie wir sind, sind wir etwas ganz Besonderes. Persönlichkeiten, denen mit dieser Welt ein wertvoller Juwel anvertraut ist. Und blicken wir auf diese Welt: Wollen wir nicht endlich handeln?

Mag sein, dass es daran liegt, dass sie keine Freunde hat. Wer nimmt sich denn auch schon die Zeit, ihr Gesellschaft zu leisten? Wir rationalen Menschen bestimmt nicht.

Wenn wir zur Abwechslung einmal innehalten, anstatt hektisch einer Tätigkeit nach der anderen nachzugehen, still werden und einfach nur dem Rauschen der Blätter lauschen, werden wir spüren, dass auch sie Leben in sich trägt. Wir werden sie darum beneiden, dass sie im Gegensatz zu den meisten von uns fest in der Erde verwurzelt ist und jedem Sturm standhält. Und sie wird uns um das Geschenk beneiden, uns frei bewegen zu können. Wir werden sie bewundern für all die vielen Jahre, die sie bereits auf Erden verweilen darf. Für all die Dinge, die sie bisher erleben durfte oder auch musste.

Geduldig und vorurteilslos wird sie uns zuhören, wenn wir von uns erzählen und ihr unser Herz ausschütten. Ihr Geheimnisse anvertrauen, die wir sonst niemandem anvertrauen würden. Wir werden Freunde sein und bei ihr Halt und neue Kraft für unser Dasein finden. Und sie wird nicht mehr trauern. Sie wird fröhlich sein und sich an uns erfreuen. Uns annehmen, so wie wir sind.

Wer bin ich?

Weder eine Ameise noch ein Löwe war der Ameisenlöwe und so kam ihm eines schönen Tages die ihn von da an nicht mehr loslassende Frage: „Ja, wer bin ich eigentlich? Wenn ich weder eine Ameise noch ein Löwe bin, wer oder was bin ich dann?"

Wie es seiner Art entsprach, zu seinem Fressen zu gelangen, grub sich der Ameisenlöwe ein Loch in der Form eines Trichters in den Sand. Dort verweilte er, bis eine Ameise auf der schrägen Wand vorbeikrabbelte und diese zum Einsturz brachte. Hilflos rutschte die Ameise immer näher an den Ameisenlöwen heran.

„Hilfe! Hilfe!", schrie sie verzweifelt, sah ihr sicheres Ende nahen, aber der Ameisenlöwe hatte nicht vor, sie zu verspeisen. Nein, dieses Mal wollte er seine Beute verschonen – zumindest fürs Erste.

„Wer bin ich?", fragte er mit fordernder Stimme.

„Was?", erwiderte die Ameise voller Entsetzen und zitterte vor Angst.

„Wer oder was um Himmels willen bin ich?"

Die Ameise wagte nicht zu antworten, hielt sie seine Frage doch für eine Fangfrage, eine hinterlistige Falle.

„Antworte mir!", fuhr der Ameisenlöwe sie schroff an und alles, was der Ameise in den Sinn kam, war: „Du bist du."

Der Ameisenlöwe begann vor Zorn, am ganzen Körper zu beben.

„Das ist alles? Mehr fällt dir Rindvieh nicht ein?"

„Ameise."

„Was?"

„Ich bin eine Ameise, kein Rindvieh."

Das war zu viel für den Ameisenlöwen. Ehe die Ameise wusste, wie ihr geschah, hatte er sie auch schon mit einem Mal verschlungen. Nun hatte er seine Mahlzeit zwar gehabt, gierte aber nach wie vor und zwar nach einer Antwort auf seine Frage.

Auf seiner Weiterreise quer durchs Land begegnete der Ameisenlöwe eines Abends einem Löwen und wie auch der Ameise stellte er diesem die Frage: „Wer bin ich?"

Der Löwe lachte nur und meinte: „Ein hässlicher Nichtsnutz bist du!"

Diese Worte verletzten den Ameisenlöwen zutiefst. War er denn wirklich nur ein hässlicher Nichtsnutz? Wenn ja, warum war er dann überhaupt auf der Welt? Hatte sein Leben denn überhaupt einen Sinn? So sehr hatte er eine Antwort auf seine Frage ersehnt und nun, wo er sie hatte, war er unglücklicher denn je.

Nicht den kleinsten Happen nahm der Ameisenlöwe mehr zu sich. Saß nur noch da und wartete darauf, endlich zu sterben. Viele seiner kleinen Leckerbissen hielten ihn bereits für tot und krabbelten immer wieder frech auf ihm herum. Nur zu gerne hätten sie ihn als Trophäe mit nach Hause genommen und ihren Artgenossen weisgemacht, sie hätten ihn besiegt, doch sobald der Ameisenlöwe das leiseste Lebenszeichen von sich gab, suchten sie allesamt das Weite.

Völlig ausgehungert und ausgetrocknet war der Ameisenlöwe bereits, als er eines Tages eine Stimme fragen hörte: „Wer bist du?"

Der Ameisenlöwe horchte auf.

„Wer ich bin?", erwiderte er nach einer Weile. „Das kann ist dir sagen! Ich bin ein hässlicher Nichtsnutz."

Die Stimme, die weiblich klang, lachte.

„Wer behauptet denn so etwas?"

„Ein Löwe."

„Und du glaubst ihm?"

Der Ameisenlöwe hob seinen Kopf und drehte ihn in die Richtung, aus der die Stimme zu ihm getönt war. Eine Ameisenlöwin hatte sich zu ihm gesellt, eine der außergewöhnlich schönen Art, und sogleich verliebte sich der Ameisenlöwe in sie.

„Also ich finde nicht, dass du ein hässlicher Nichtsnutz", bist fuhr sie fort.

„Aber wer bin ich dann?"

„Das hübscheste Männchen, das mir jemals in meinem Leben begegnet ist."

Die Ameisenlöwin schmiegte sich an den Ameisenlöwen an und dieser legte zaghaft seinen Kopf auf ihren.

„Komm, vergiss, was der Löwe gesagt hat. Er war ja nur neidisch. Lass uns stattdessen zusammen auf Jagd gehen. Ich bin am Verhungern!"

Der Ameisenlöwe willigte ein. Wie hätte er zu solch einer Schönheit auch Nein sagen können.

Weder Ameise noch Löwe – wer er also wirklich war, blieb dem Ameisenlöwen sein ganzes Leben lang verborgen. Aber nun mit der schönen Ameisenlöwin an seiner Seite, beschäftigte ihn diese Frage auch gar nicht mehr so sehr. Er war, wer er war – die Ameise von damals hatte schon recht gehabt. Er war ein Lebewesen so wie jedes andere und nicht mehr oder minder wertvoll und nützlich.